Wei

Renate Birkholz

Weihnachtsgeschichten zum Schmunzeln

Illustriert von
Ortrun von Toll

MOHLAND

Bibliografische Information der Deutschen Bibliothek
Die Deutsche Bibliothek verzeichnet diese Publikation in der Deutschen Nationalbibliografie; detaillierte bibliografische Daten sind im Internet über http://dnb.ddb.de abrufbar.

Renate Birkholz
Weihnachtsgeschichten zum Schmunzeln

1. Auflage Oktober 2005
2. Auflage November 2005
3. Auflage Sept.2006
4. Auflage Oktober 2007
5. Auflage Sept. 2009

Illustrationen: Ortrun von Toll
Lektorat: Claudia Bednarz
Herstellung: Büchermaus, 25862 Goldebek
Verlag: MOHLAND Verlag D. Peters Nachf.
Inh. Gisela Eichhorst-Kaltenbach
Dorfstr. 9, 25862 Goldebek
www.mohland.de

ISBN 978-3-936120-92-9

Inhalt

VORWORT

Mein Weihnachtsbaum wird seit 16 Jahren von meinen Nachbarkindern – inzwischen sind sie 19 und 22 Jahre alt – geschmückt. Da darf ich doch wohl von einer Tradition sprechen. Diese Zeremonie endet immer damit, dass ich eine Geschichte vorlesen soll. Am Anfang war das einfach, aber mit den Kindern wuchsen ihre Ansprüche. Nicht zu lang durften die Geschichten sein und nach Möglichkeit nicht zu ernst. Da versuchte ich es also selbst. In meiner Funktion als Organistin, Lehrerin und Nachbarin habe ich genug Dinge erlebt, die sich als brauchbar erwiesen. Und natürlich haben auch meine „Schmücker" ihren Beitrag geleistet. Bedanken möchte ich mich deshalb bei Niels, Sven, Ingwer und Hasi. Ohne sie hätte dieses Buch nicht entstehen können.

Mein besonderer Dank gilt Ortrun von Toll, deren Illustrationen den Text lebendig werden lassen.

Flensburg, den 20. Juni 2005

Renate Birkholz

Gustavs Geschenke

Benötigen wir wirklich noch eine Weihnachtsgeschichte?

Ganz bestimmt nicht! Trotzdem! Hier ist sie!

Gustav Tumuscheit mag einfältig sein, lebensuntüchtig ist er nicht. Stellen Sie sich einen rüstigen 76-jährigen ehemaligen Schmied vor, der seinen Ruhestand in einer ganz normalen Reihenhaussiedlung am Stadtrand verbringt. Einen Eindruck von der Größe des Grundstücks bekommen Sie, wenn ich Ihnen sage, dass Gustav, seine Frau Else sowie die beiden Lauthauser-Schnurrenburgers von nebenan fast bequem auf der Terrasse Kaffee trinken konnten. Ich sage „konnten", denn im Herbst hat Gustav seine Frau verloren, wie man so sagt. Dabei weiß jeder, dass er sie „nicht wirklich" verloren hat. Sie ist nach einem freuden- und arbeitsreichen Leben eingeschlafen, für immer und ganz friedlich. Gustav hadert nicht mit seinem Schicksal. Er kommt ganz gut zurecht. „Essen auf Rädern" versorgt ihn regelmäßig, ab und zu schaut seine Tochter vorbei, weist ihn in ungewohnte aber notwendige Arbeiten ein, so dass man sagen kann, seine Tage sind leidlich ausgefüllt, jedenfalls jetzt, wo es früh dunkel wird.

In der Nachbarschaft beginnt man mit Weihnachtsvorbereitungen: Natürlich denkt man in diesem Jahr auch an den armen verwitweten Gustav. Eine Kleinigkeit soll es nur sein und nach Möglichkeit etwas, worüber er sich freut. Die Liesegangs von Haus 13 (Gustav wohnt in Nr. 19) meinen, das könnte so ein Kranz mit Pfeffernüssen,

Äpfeln, Engelchen und Tannen sein, den man außen an die Tür hängt. Bis hin zur kleinsten Tannennadel ist er aus nahezu unverwüstlichem wetterbeständigem Plastik sorgfältig hergestellt worden, eine Anschaffung für's Leben sozusagen. Die Tatsache, dass so ein Kranz bei Liesegangs in diesem Jahr zum siebten Mal rausgehängt wird, sollte als Beweis für seine Qualität ausreichen.

Gesine Schnippel von Haus 17 ist der Meinung, Gustav benötige dringend zwei Zwerge aus schräg geschnittenem Birkenholz mit aufgemalten Gesichtern in angemessener – natürlich unterschiedlicher – Größe. Dank ihrer roten Pudelmützen sind sie nicht zu übersehen. Diese beiden Schnäppchen vom örtlichen Weihnachtsmarkt – zehn Minuten vor Schluss zum halben Preis erstanden – pflanzt sie seitlich neben die Haustür, klingelt und verschwindet, bevor Gustav die Tür öffnet und nun entscheiden muss, wie diese Überraschung emotional zu beantworten sei. Er beschließt, den Zwergen zunächst mit Gleichmut zu begegnen.

Lange hat er nicht Zeit, sich damit zu beschäftigen, denn schon klingelt es wieder. Diesmal ist Gustav schneller an der Tür und erkennt die Wesemanns von Haus 11. „Ach, Herr Tumuscheit, schön, dass Sie da sind! Nur eine Kleinigkeit und frohe Weihnachten von uns allen!" Gustav gelingt ein verhauchtes „Vielen Dank!" Sein Gesichtsausdruck, ja sein ganzer Körper, ist ein einziges Fragezeichen, aber bevor er eine Erklärung erwarten kann, sind die Wesemanns schon wieder weg.

Machen wir es kurz: Am Heiligen Abend ist Gustav im Besitz von 6 Aschenbechern (überflüssig zu erwähnen, dass er Nichtraucher ist), 14 Weihnachtsengeln in jeder nur denkbaren Form, Farbe und Größe, zwei Korkenziehern, ferner drei auf dem Rücken liegenden Keramikschweinchen mit Nachtmützen. Auf ihren nach oben gerichteten Pfoten ist Platz für vier Teelichte. Ein unentbehrliches Geschenk! Es scheint, als gehörten diese Tierchen zur Pflichtausstattung jedes trendbewussten Weihnachtshaushalts ebenso wie die beiden bunt emaillierten Metallelche auf Skiern, die ich fast vergessen hätte zu erwähnen, obwohl ihre überdimensionalen Geweihe – die notwendigen Steckvorrichtungen für Kerzen befinden sich bei ihnen an dieser Stelle – alle Blicke auf sich ziehen. Wie überaus armselig waren Gustavs Weihnachtsfeste ohne diese Schätze doch bisher gewesen!

Können Sie sich jetzt vorstellen, welch gemütliches Fest Gustav inmitten seiner Kostbarkeiten verbringen darf? Allerdings versucht er ausdauernd, aber vergeblich, mit einem der Korkenzieher eine Flasche Wein zu öffnen. Frustriert holt er ein Bier aus dem Keller und leert es ohne abzusetzen. Da lässt sich noch der alte praktische Schmied erkennen, der nun über die Verwendung der anderen Geschenke sinniert: Einen Aschenbecher kann er für Nussschalen und Bonbonpapier benutzen, aber die fünf anderen? Und was ist mit den Engeln, Elchen und Schweinen? Eins steht fest: Sie müssen zunächst einmal mit aller Sorgfalt verpackt und aufbewahrt werden. Gustav holt ein paar alte Zeitungen und beginnt, die Aschenbecher einzuwickeln, einen nach dem anderen.

Dann geschieht es! Gustavs staunende Augen bleiben wie elektrisiert auf einer Kleinanzeige haften „Wer verschenkt Flohmarktartikel? Komme selbst abholen. Axel Kramhüter Tel. 0172 - 3547984“.

Dieser einmaligen Gelegenheit kann Gustav nicht widerstehen. Er hört sofort auf mit dem Einwickeln, das soll der Kerl gefälligst selber machen, wenn er denn schon alles umsonst bekommt.

Der Allzweckkranz

Sie erinnern sich sicher noch an Gustav. Eine Kleinanzeige in seinem Lokalblatt hatte es ihm ermöglicht, sich von all den in gleichem Maße gut gemeinten wie überflüssigen Weihnachtsgeschenken zu trennen. Er war sichtlich erleichtert, als Axel Kramhüter, beladen mit zwei Koffern, die seine Arme länger werden ließen, die Haustür hinter sich zuzog und sich mit stumpfen schweren Schritten empfahl. Alles war wieder normal, kein Korkenzieher wartete darauf, dass Gustav sich mit seinem komplizierten Mechanismus beschäftigte, kein Metallelch ermahnte ihn, die Kerzen auf seinem Geweih anzuzünden. Gustav konnte durchatmen und tat es genüsslich. Er unternahm ausgiebige Spaziergänge, schaute sogar schon mal am Kleingarten vorbei, denn die Tage wurden allmählich länger, und bald würde er wieder im Garten arbeiten können. Ihm schien es sogar, als ob der laubbedeckte Teich ihn jetzt schon vorwurfsvoll anblickte. Ein fast unsichtbares Kopfschütteln zeigte dem jedoch, dass er heute nicht dran sei.

Als Gustav vor seiner Haustür mit klammen Fingern in der Tasche nach dem Haustürschlüssel suchte, entging ihm nicht, wie ein letzter schmaler Sonnenstrahl direkt auf den oberen Teil der Tür fiel und den dort hängenden Plastikkranz erstrahlen ließ und ihm so zu nie bemerkter Wichtigkeit verhalf.

Sie erinnern sich richtig: Es war diese unübertroffene Weihnachtsdeko mit Pfeffernüssen, Äpfeln und Engelchen, ein Geschenk der Liesegangs von nebenan. Jeden Tag gingen die an Gustavs Tür vorbei, linsten verstohlen, aber mit Genugtuung, nach links, überzeugt, einen Volltreffer gelandet zu haben, als ihre Gabe auch am 16. Februar weihnachtlich und anscheinend unbekümmert zurückstrahlte.

Niemand nahm Anstoß, und also blieb er hängen, überdauerte Ostern und den Wonnemonat Mai, aber dann am 16. Juni wurde ihm ganz unerwartet eine bisher nicht gekannte Herausforderung zuteil. Und das war das Verdienst – oder soll ich sagen die Schuld? – von Gustavs jüngster Enkelin Melitta. Stellen Sie sich einen fast siebenjährigen fröhlichen Blondschopf vor: voll Phantasie und immer beschäftigt. Still sitzen war ihre Sache nicht, lesen lernen leider auch nicht. Melitta machte sich darüber weit weniger Sorgen als ihre Lehrerin.

Doch das war an diesem 16. Juni nicht so wichtig. Die Kleine wollte nach dem Unterricht Opa besuchen und klingelte an seiner Haustür. Kaum hatte er geöffnet, flog sie ihm geradezu um den Hals. „Opi, Opi, ich muss dir was erzählen", sprudelte es aus ihr heraus, und dann ohne Punkt und Komma: „Wir haben Kinderfest mit der ganzen Schule die Feuerwehrkapelle spielt und wir ziehen durch alle Straßen ich brauch mit Jasmin zusammen einen Blumenbogen immer zwei Kinder tragen einen Bogen und dann wird das ein langer Umzug und wir sollen ganz was Schönes anziehen Opi machst du mir so einen Bogen? Bitte! Mama sagt sie hat keine Zeit und außerdem kannst du so was viel besser Jasmin hat ein Foto vom vorigen Jahr guck mal so soll das aussehen." Erschöpft löste sie ihre Hände von Großvaters Hals und zog ein ziemlich ramponiertes Foto aus ihrem Ranzen.

Gustav blickte gutmütig auf seine kleine Enkelin. War da nicht ein fast unauffälliges Schmunzeln in seinen Mundwinkeln zu erkennen? Daumen, Zeige- und Mittelfinger der linken Hand fanden den Weg an seine Kinnspitze. Langsam strich er seinen Bart aus, so dass sich Daumen und Finger an dessen Ende wieder berührten. Er schaute versonnen auf seine Linke, als erwarte er von ihr eine Antwort. Seine Stirn zeigte tiefe Rillen. Sollte er sich dieser Herausforderung stellen? Das war keine ernsthafte Frage, denn der bettelnde Blick der kleinen Melitta entkräftete im Voraus alle Einwände. Ihr grenzenloses Vertrauen schmeichelte ihm.

„Nun mal langsam!", bremste er. „Komm erst mal in

die Stube, und dann schauen wir uns das Foto an." Er setzte sich in seinen gemütlichen Sessel, Melitta lehnte den Ranzen gegen die Wand und sprang auf Großvaters Schoß, dabei erhielt das Foto einen weiteren dauerhaften Kniff. Sie betrachteten es ausdauernd: In ungezählten Reihen marschierten fröhliche Erstklässler durch die Straße. Jeweils zwei Kinder fassten die Enden eines Bogens und zwar so, dass in der Mitte ein drittes Kind, gleichsam behütet von der Blumenpracht, Platz fand. Melitta zeigte auf eins der Kinder in der vordersten Reihe. „Das ist Jasmins Schwester. Jasmin kriegt diesmal ihr Kleid. Das sieht schön aus mit den roten Rüschen, nicht? Und so einen Blumenkranz auf dem Kopf, das möchte ich auch haben. Opi, das kannst du doch, oder?"

Wie gesagt: Gustav hatte ein Leben als Schmied hinter sich; Blumenkränze zu binden war darin nicht vorgekommen, aber man konnte doch die Kleine nicht enttäuschen!

Wie gut, dass die Sonne vorhin den Weihnachtskranz an der Haustür so intensiv ins rechte Licht gerückt hatte. An dem ließe sich doch mit etwas Geschick ein kleiner „Umbau" vornehmen. Sie holten den Kranz ins Zimmer und probierten ihn aus. Die Größe war genau richtig, die Pfeffernüsse und die Engelchen wirkten allerdings unpassend. „Lass uns in den Garten gehen", schlug Melitta vor. Opi suchte eine Schere, Bast und Klebstoff zusammen, und mit dieser perfekten Ausrüstung machten sie sich auf den Weg. Melitta hüpfte und sang an der Hand ihres Großvaters. Wieder einmal hatte sie ihn ohne Schwierigkeiten überredet. Es gab auf der ganzen Welt keinen besseren Opi als ihren.

Ganz so einfach gestaltete sich die Umwidmung jedoch nicht. Sie entschieden sich für Efeublätter, mit denen man die Engelchen umwickeln und so unsichtbar machen konnte. Die Pfeffernüsse wurden sozusagen abgeknöpft und zur großen Überraschung kam jetzt unter jeder Nuss ein dünnes Röhrchen zum Vorschein, das nur darauf wartete, mit Margeriten oder Kornblumen gefüllt zu werden. Zur Sicherheit wurde alles mit grünem Bast umwickelt und befestigt.

Auf dem Nachhauseweg fand die Generalprobe statt: Der aparte Kranz bestand sie, nur Hüpfen war jetzt nicht angesagt. Melitta bewegte sich vorsichtig und vornehm wie eine Prinzessin. Am Abend im Bett betete sie: „Lieber Gott, lass das Kinderfest schnell kommen!"

Ihr schien es auch, als sei das Gebet erhört worden.

In einer Hinsicht kam es dennoch nicht schnell genug: Die Blumen und der Efeu waren verwelkt, so dass der Kranz noch einmal neu umwickelt werden musste. Diesmal fiel es den beiden schon viel leichter, und die Herstellung des Blumenbogens aus Weidenruten, die mit Blättern und Blüten bewickelt wurden, war für Gustav eine vergleichsweise einfache Übung.

Endlich zeigte der Kalender den 23. Juni, den Festtag, an. Gustav war gerührt und stolz, als Melitta, Jasmin und ihre Schwester selig lächelnd an ihm vorbeizogen. Prinzessin Melitta ging unter dem Bogen und vergewisserte sich, dass alle Zuschauer ihren besonderen Kranz bemerkten.

In so einer kleinen Stadt führt der Umzug durch fast alle Straßen, bevor er nach gut und gern zwei Stunden am Festplatz endet. Ist es da verwunderlich, dass unsere kleine Prinzessin schon nach der ersten halben Stunde unter der Last ihres Kranzes zu leiden begann? Er drückte auf ihren Kopf, so dass sie ihn – zunächst verstohlen – kurz mal anhob. Das gab ein wenig Erleichterung, aber nur für einen Moment. Die Abstände, in denen der Kranz gelupft werden musste, wurden kürzer, und seine Konsistenz litt unter dieser Behandlung. Einige Efeublätter lösten sich, und einige der unter ihnen liegenden Weihnachtsengel erhoben sich sehr bedächtig, aber unaufhaltsam, bis sie schließlich ihre volle Größe erreicht hatten und weihnachtlich über die Kornblumen und Margeriten hinwegschauten. Das Kinderfest schien ihnen zu gefallen.

Melitta wusste zunächst nicht, warum sich plötzlich alle Aufmerksamkeit der Zuschauer am Straßenrand auf sie richtete, sie konnte sich ja nicht sehen. Dann aber, als ihr Kopf wieder eine Pause verlangte, hob sie den Kranz nicht nur kurz an, sondern nahm ihn herunter und erblickte voller Entsetzen drei nicht erwartete Weihnachtsengel. Sie war den Tränen nahe: Deswegen also hatten alle zu ihr geschaut!

Der Umzug hatte in diesem Augenblick den Marktplatz erreicht. Neben Melitta spieen steinerne Frösche Wasser

in einen Brunnen. In rekordverdächtiger Geschwindigkeit stülpte Melitta einem von ihnen den Kranz über.

Endlich konnte sie das Kinderfest so richtig genießen.

Der Frosch soll den Kranz noch mindestens eine Woche getragen haben. Ob die Liesegangs ihn erkannt haben, weiß niemand.

Gustav ist der Meinung, er habe seinen Kranz in leicht abgeänderter Form beim Lucia-Fest im Rathaus wiedererkannt. Aber Gustav ist 76, seine Augen sind nicht mehr so gut. Ich halte das für ein Gerücht.

Das Koalabärchen

Der Urlaub in Kalifornien war wunderbar gewesen, heute ging er zu Ende. Was das Schönste war? Einfach alles! Die Fahrt auf dem Highway I mit den faszinierenden Aussichten auf die Küste entlang des Pazifik, die Passstraße zum Yosemite-Park, auf deren Kuppe man die halbe Erde zu sehen glaubt, und der Zoo in San Diego.

Meine kleine fünfjährige amerikanische Freundin Elisabeth und ich waren nicht wegzubewegen von den possierlichen Koalas, zum Entsetzen der übrigen Familie. „Ihr geht weiter und holt uns dann hier ab", beschloss Elisabeth mit einer Stimme und einem liebevoll bettelnden Blick, denen ihr Vater nicht widerstehen konnte. Wann „dann" sein würde, hatten wir nicht vereinbart, aber uns wurde die Zeit nicht lang. Wir entdeckten in den Astgabeln der Eukalyptusbäume immer neue Tierchen, die meisten im Halbschlaf, berauscht von den Blättern der Pflanzen. „Warum fallen sie nicht runter?", fragte Elisabeth. Das wusste ich auch nicht, und so kamen wir zu der Überzeugung, dass jedes Bärchen seinen persönlichen Schutzengel hatte. Das musste so sein, und wir waren mit dieser unwissenschaftlichen, aber liebenswerten Erklärung zufrieden. Die Nichtschläfer pflückten und kauten unermüdlich. Nein, das stimmt nicht! Sie kauten „ermüdlich", denn die Geschwindigkeit, mit der sie schmatzten und knabberten, wurde doch spürbar langsamer, bis auch sie ein Schlafplätzchen – meist in einer Astgabel – und den dazugehörenden Schutzengel fanden.

Elisabeths Vater wurde mit Küssen überschüttet, als er ein schwarz-weißes Plüschbärchen aus der Tasche zog. Sie drückte es zärtlich an sich, unaufhörlich in kleinen Terzen „Koaly“ singend. Ohne zu murren waren wir jetzt bereit, den Zoo zu verlassen.

Ich verließ nicht nur den Zoo, sondern am nächsten Tag auch Kalifornien. Elisabeth war mit ihren Eltern zum Flugplatz gekommen und wer wollte, konnte Zeuge unseres tränenreichen Abschieds werden. Ja und dann? Dann drückte sie mir Koaly in die Hand und schluchzte: „Renate, don't forget your dear Elisabeth!“[1] Ich habe sie nicht vergessen, und Koaly bekam einen Ehrenplatz neben Johannes, einem sehr großen Sigikid-Bär im Flur gegenüber der Eingangstür. Beide werden seither von allen Besuchern herzlich begrüßt.

Besonders der vierjährige Sven von gegenüber wurde

[1] Vergiss nicht deine liebe Elisabeth!

Koalys schicksalhafter Freund. Er besuchte mich fast täglich mit der Feststellung: „Du bist meine Freundin, ich helf dir wieder, so wie gestern." Gestern hatte er pausenlos die Duschabtrennung hin- und hergeschoben. Es schien ihn zu faszinieren, wie die einzelnen Elemente hintereinander verschwanden, wenn er nach rechts zog und wieder zum Vorschein kamen, sobald er das vordere Element nach links bewegte. Das war doch eine nicht zu unterschätzende Hilfe gewesen, wenn man es nur recht betrachtete.

„Und jetzt spielen wir mit Johannes und Koaly."

Sven nahm Koaly, ich den großen Johannes und beide unterhielten sich beispielsweise so:

Koaly: „Johannes, warst du schon mal in Amerika?"

Johannes: „Nein, ich kenne nur Weißenhäuser Strand und Flensburg."

Koaly: „Bist du bloß immer bei Renate?"

Johannes: „Meistens ja, ich muss hier doch aufpassen. Aber dreimal habe ich schon bei Sven geschlafen."

Sven: „Jetzt ohne spielen: Der Koaly soll bei mir schlafen, auch dreimal, wie Johannes, bitte!"

Renate: „Na gut, meinetwegen. Dreimal, das ist genau bis zum Nikolaustag. Wenn der Nikolaus bei dir gewesen ist, dann bringst du mir Koaly wieder. Ich habe ihn sehr lieb, und Johannes mag auch nicht so lange ohne ihn sein."

Mit einem zufriedenen „Tschüss" und der Bestätigung „Du bist in echt meine Freundin" ging dieser Besuch etwas abrupt zu Ende.

Was geschah am Nikolaustag? Gar nichts, jedenfalls nichts, was Koaly betraf. Zwei Tage später erhielt ich von Svens großem Bruder, der mir draußen begegnete und keine Möglichkeit auszuweichen sah – ein asphaltierter

Parkplatz bietet dazu kaum Gelegenheit –, die kurze, sachliche Mitteilung: „Dein Koalabärchen kannst du nicht wiederkriegen." Meine erstaunte Frage „Und warum nicht?" beantwortete er nur mit einem – wie mir schien – resignierten „Frag Sven!"

„Na, dann schick ihn mal rüber", sagte ich. Sehr erstaunt war ich, als es tatsächlich kurze Zeit später klingelte. Ein sehr kleiner, in sich zusammengesunkener Sven stand dort und teilte mir mit:

„Bei P & Q auf dem Parkplatz, da haben wir ihn verloren."

„Sag mal, wieso war er bei P & Q auf dem Parkplatz, er sollte doch nur bei dir schlafen?"

„Er hat mir ins Ohr geflüstert, dass er mit will. Und dann war er weg. Bestimmt in Matsch gefallen, und ein Auto ist rübergefahren. Papa wollte ja gleich einen neuen für dich kaufen, aber die waren alle viel zu teuer."

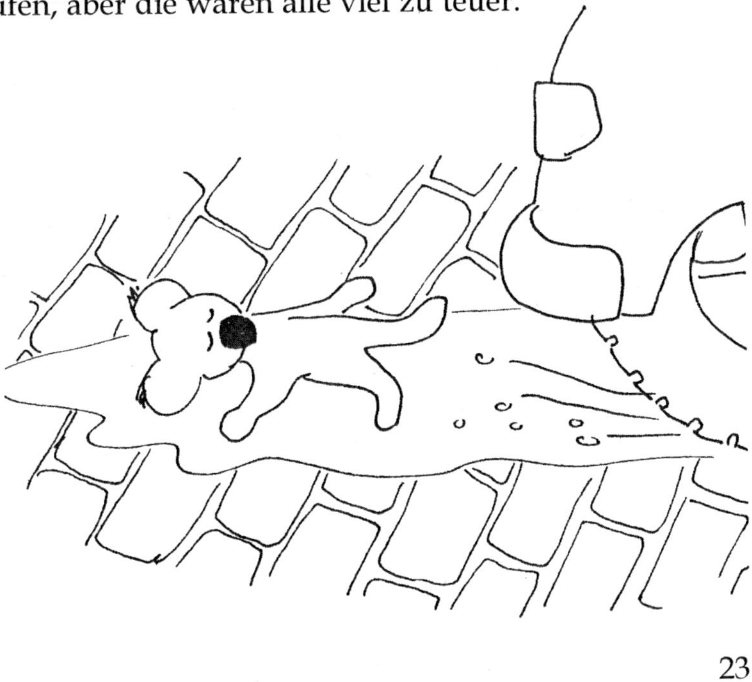

„Weißt du was? Jetzt bin ich ganz traurig. Und wenn ich das Elisabeth schreibe, wird sie bestimmt weinen."

„Das hat Mama auch schon gesagt." Sein Gesicht hellte sich auf, und er begann umständlich in seiner Hosentasche zu hantieren, bis endlich ein Stoffhase seine Nase heraussteckte und schließlich ganz erschien.

„Ich sollte von allen meinen Tieren eins für dich aussuchen, und dann bist du nicht mehr so traurig, hat Mama gesagt. Und den Hasi kannst du haben, den brauch ich sowieso nicht mehr."

Damit reichte er mir den ziemlich „abgespielten" Hasi mit einem halb ausgerissenen Ohr, das aber durch eine offensichtlich neue rote Weihnachtsschleife nicht weiter ins Gewicht fiel. Ich schwankte zwischen Enttäuschung über den offenkundig endgültigen Verlust und Rührung über die großzügige Spende. Ein zunächst nur inneres Schmunzeln bahnte sich ebenfalls seinen Weg an die Oberfläche. Etwas verlegen versuchte ich, den Hasi hinzusetzen, vergeblich. Immer wieder fiel er zur Seite, bis Sven die einleuchtende Erklärung gab: „Der kann nicht mehr sitzen, deshalb hab ich den ja für dich ausgesucht. Ich kann ihn nicht gebrauchen."

So viel Ehrlichkeit findet man heutzutage selten.

„Und du meinst, ich kann ihn gebrauchen?"

„Na klar, der kann sich doch immer bei Johannes anlehnen, und dann können sie zusammen Weihnachten feiern."

Wem das nicht einleuchtet, ist nicht wert, Svens Freundin zu sein. Und diese Freundschaft will ich nicht auf's Spiel setzen.

Elisabeth weiß nichts von Koalys Schicksal, es sei denn, sie liest diese Geschichte.

Umwege zu meiner Traumtasche

Stellen Sie sich das einmal vor: Man hat mir eine Handtasche geschenkt ohne zu fragen, einfach so zu Weihnachten. Wollen Sie wissen, wer „man“ ist? Es ist natürlich ein Mann, noch dazu einer, der es gut mit mir meint. Mehr müssen Sie eigentlich nicht über ihn wissen, vielleicht nur noch, dass er sich bei der Wahl der Tasche wohl nicht so ganz sicher war, denn er überreicht sie mir schon am 16. Dezember mit den Worten „Wenn sie dir nicht gefällt, kannst du sie tauschen. Der Bon liegt im Reißverschlussfach. Das schaffst du noch vor Weihnachten.“

Ziemlich cool, finde ich.

Gefällt sie mir? Sie ist grün und eigentlich ganz hübsch mit ihrer ins Auge springenden Silberschnalle, aber viel zu klein. Als ich das Portemonnaie mit den Autopapieren nur in ihre Nähe halte, lehnt sie freundlich aber bestimmt ab. Na ja, ich bin natürlich nicht nur mit dem Auto unterwegs, also erkläre ich sie zur „Fußgängerhandtasche“. Die Anforderung, den Hausschlüssel, eine in jeder Hinsicht schmale Geldtasche und ein Taschentuch aufzunehmen, erfüllt sie. Also hake ich das Thema Handtasche erst einmal ab.

Aber leider nicht lange. Schon am nächsten Tag beschäftigt es mich wieder. Sie ist irgendwie hart und unhandlich, aber ich habe mich für sie entschieden, also behalte ich sie natürlich. Man wird sich mit der Zeit schon aneinander gewöhnen. Offensichtlich ist die Tasche da anderer Meinung. Auf dem kurzen Weg zum Supermarkt rutscht sie mir fünfmal von der Schulter. Sie scheint etwas von meiner Unzufriedenheit zu spüren und rächt sich auf ihre Weise: Der Reißverschluss klemmt. Weder mit Gewalt noch mit Sanftmut lässt er sich bewegen. Manche Menschen meinen, man müsse mit den Dingen reden, die reagieren angeblich sensibel auf gute und schlechte Behandlung. Gilt das auch für Handtaschen? Ich muss Ihnen sagen, mein – zugegebenermaßen halbherziger – Versuch schlägt fehl.

Was nun? Doch umtauschen? Auf dem Bon finde ich den Namen des Ladens und stelle außerdem mit Staunen fest, dass sie nur 19 Euro gekostet hat. Wenn ich ehrlich bin, muss ich zugeben, dass sich eine gewisse Verstimmung in mir breit macht.

Mit Bon und Tasche betrete ich den Laden. Es bedient mich ein netter, geduldiger Verkäufer, der vergeblich versucht, den Reißverschluss angemessen in Bewegung zu setzen. „Leider haben wir diese Kunststofftaschen nicht mehr im Angebot, aber gerade heute haben wir sehr schöne Modelle aus Leder hereinbekommen. Oder möchten Sie das Geld zurück?“

„Nein, danke, das hilft mir nicht, ich brauche eine Tasche.“

Ich brauche nicht nur eine Tasche, sondern auch ein bisschen Zeit. Zunächst einmal erstaunen mich die 19 Euro nicht mehr, seit das Wort „Kunststofftasche“ einen immer größeren Raum einnimmt und sich unaufhörlich zu wiederholen scheint: „Kunststofftasche! Kunststofftasche! ...“ Also, eine Kunststofftasche bin ich ihm immerhin wert. Toll! Der geduldige Verkäufer überlässt mich meinen Gedanken, es ist an mir, eine Entscheidung zu treffen.

Also gut, es ist Weihnachten, und das Schicksal hat entschieden, dass meine neue Tasche aus Leder und fast 150 Euro teuer sein soll. Glauben Sie mir, sie ist wirklich schick, schwarz und weich, und überhaupt ganz prima, und ich bin sicherheitshalber sehr nett zu ihr ... bis wir zu Hause sind und ich ihr die Utensilien anvertrauen will. Sie nimmt die Papiere und das Portemonnaie ohne Murren, aber den Kalender will sie nicht, jedenfalls nicht so, wie ich möchte. Er ist zu breit, genauso wie das Brillenetui. Beides muss senkrecht von oben hineingeschoben werden, und weil die Tasche unten breiter wird, kann man dann die Sachen drehen, und schon liegen sie am Platz!

Dieses Spielchen finde ich zweimal ganz amüsant, aber schon am nächsten Tag nimmt meine gute Laune spürbar ab. Meine vorige Tasche hatte ich, glaube ich, sechs Jahre, also 2192 Tage. Wenn ich nun täglich durchschnittlich zweimal den Kalender und dreimal die Brille brauche, dann bedeutet das also ... nein, ich weigere mich, das auszurechnen! Fest steht, es ist zu umständlich, und dann für 150 Euro. Hab ich das nötig?

Da kommt mir meine Schwester in den Sinn. Sie hatte sich vor gar nicht langer Zeit eine schwarze Handtasche zum Geburtstag gewünscht, aber ich hatte gesagt: „Du, weißt du, ich hab es nicht so mit Handtaschen. Such dir selber eine aus und gib mir die Rechnung." Das hatte sie nie getan. Vielleicht wäre dies ja ihre Traumtasche. Wenn ich sie morgen zur Post bringe, hat sie sie zu Weihnachten. Ein Anruf kann das sofort klären.

„Ute, du hast dir doch mal eine Handtasche gewünscht. Ich habe heute ein schickes Modell gesehen. Ganz weiches Leder, drei Fächer und zusätzlich zwei Reißverschlusstaschen. Könntest du ..."

„Passt DIN A5 rein?", höre ich sie am anderen Ende

unbeeindruckt, aber doch interessiert fragen. Das ist wie ein Tiefschlag und lässt alle Hoffnungen platzen. „Nicht wirklich“, sage ich und finde, dies ist eine Situation in der diesem dämlichen Ausdruck eine gewisse Berechtigung nicht abzusprechen ist.

Eine Woche verbringe ich noch mit meinem neuen Prachtstück und versuche mir einzureden, dass ihre Vorteile die Nachteile überwiegen. Dann passiert es: Das Schloss ist offen und lässt sich nicht mehr schließen, denn ein Stift fehlt. Alles Suchen (zu viert und äußerst gründlich!) ist vergeblich.

Der nächste Besuch bei dem netten Verkäufer wird fällig. Meine Frage: „Können Sie die Tasche einschicken und reparieren lassen?“, verdutzt ihn. „Ja, natürlich, das geht, aber vor Weihnachten haben wir sie nicht zurück. Wollen Sie nicht lieber nach einer ähnlichen Tasche sehen? Die gleiche haben wir nicht, aber schauen Sie mal hier zum Beispiel: Diese sieht doch fast so aus wie Ihre. Sie ist nur ein bisschen größer. Macht Ihnen das etwas aus? Sie ist 20 Euro teurer, aber weil Sie soviel Ärger hatten, lasse ich sie Ihnen zum selben Preis.“

Ich versichere ihm, dass es nicht so schlimm ist, wenn die Tasche etwas größer ist und räume sie an Ort und Stelle ein. Der Kalender und das Brillenetui passen genau ohne Dreh- und Wendemanöver. Endlich bin ich im Besitz meiner Traumtasche!

Muss ich Ihnen noch sagen, dass man es nicht bemerkt hat?

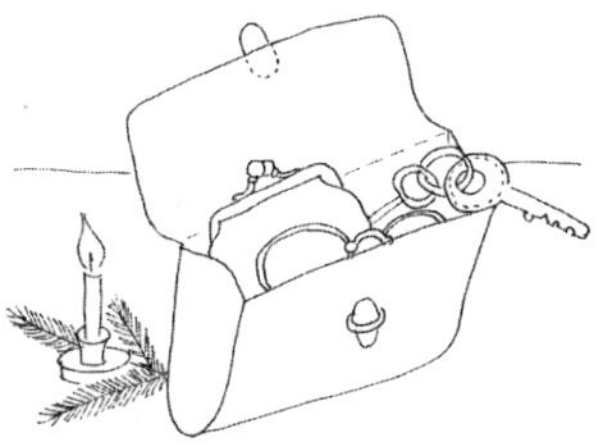

Niels erzählt seine erste Geschichte

In diesem Jahr erlebt Niels das Weihnachtsfest zum ersten Mal ganz bewusst. Er freut sich auf den „Weihnacksmann" und hat viele Wünsche. Niels wohnt genau gegenüber von mir, besucht mich gern, und wenn seine Mutter es nicht verhindert, klingelt er schon mal morgens um 6.30 Uhr. Das ist doch ein bisschen früh, finde ich, und deshalb haben wir folgende Abmachung getroffen: Er muss immer erst auf meine Küchengardine, die er von seinem Fenster aus sehen kann, gucken. Wenn sie aufgezogen ist, darf er kommen, sonst muss er warten. Das wäre eine durchaus praktische Lösung, wenn ich das Zuziehen nur nicht so oft vergäße. Einige nächtliche Ausflüge zur Küche liegen schon hinter mir. Und in dem Augenblick, in dem ich die Gardine aufziehe, sehe ich manchmal eine platt gedrückte Nase am Fenster gegenüber, und wenig später klingelt es bei mir.

Heute geht es also um seine Weihnachtswünsche. Ich soll sie für ihn aufschreiben. Es war leichtfertig von mir, ihm meine Hilfe anzubieten, denn diese Aufgabe erweist sich jetzt als weit schwieriger als ich gedacht hatte, sein erster Wunsch ist ein „Baffeldab". Da ich weiß, dass ich auf die Frage, wie man „Baffeldab" schreibt, keine befriedigende Antwort erhalten kann, versuche ich es anders: „Wie sieht denn so ein Baffeldab aus?", möchte ich wissen und erhalte die aufschlussreiche Information „delb".

Der Weihnachtsmann wird wohl wissen, dass er einen kleinen gelben Gabelstapler zu besorgen hat, und „Bummibiefelbümpfe" bereiten ihm sicherlich auch keine Probleme, zumal der Nikolaus die dazugehörenden „Bummibiefel" gebracht hat. Man kann doch wohl davon ausgehen, dass diese beiden Herren voneinander wissen, ja vielleicht sogar gemeinsame Geschenkekonferenzen abhalten.

Nun nur noch „Lego-Auto", und mit der Mitteilung „Weihnacksmann gem" nimmt er mir den Zettel ab und verschwindet nach Hause.

Der Heilige Abend wird ein großer Erfolg. Niels kann sich nicht satt sehen an dem wunderbar geschmückten Baum, der fast bis zur Decke reicht. Besonders die roten Kugeln haben es ihm angetan, er ist nur enttäuscht darüber, dass er sie nicht essen darf. Als Papa gemeinsam mit ihm sein großes Lego-Auto zusammenbaut, ist die Welt aber wieder in Ordnung, und um 22 Uhr geht er freiwillig schlafen. Die Strümpfe werden natürlich nicht ausgezogen, darauf besteht er.

Am 1.Weihnachtsfeiertag klingelt es um kurz nach sieben Uhr bei mir. Natürlich habe ich mal wieder unsere Abmachung vergessen, aber da ich an diesem Morgen

Dienst habe, bin ich schon aufgestanden. Ich öffne also die Tür und bekomme folgende Geschichte erzählt: „Tannbaum müde, Maten ab, Auto putt."

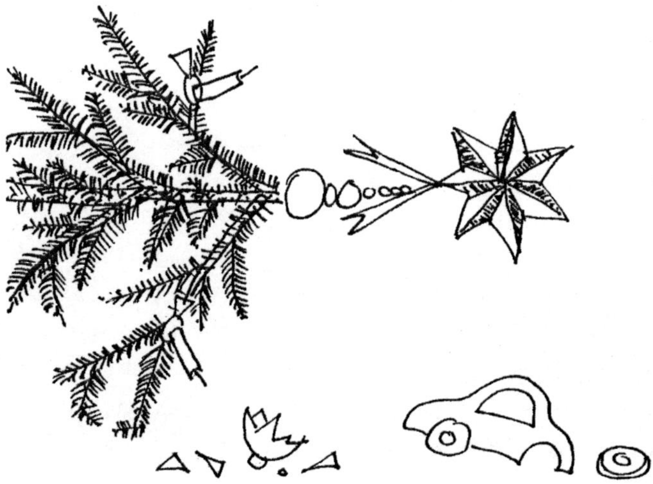

Für diejenigen, die dazu eine Erklärung benötigen: Der Tannenbaum war müde geworden, er hatte sich also schlafen gelegt. Poesielose Menschen würden sagen, er war umgekippt. Dabei waren die „Tomaten", also die roten Kugeln, die er so gern gegessen hätte, abgefallen, und das Auto war kaputtgegangen.

Mein Tannenbaum wird geschmückt

Eine Woche vor Weihnachten fragt mich Niels: „Darfst du deinen Weihnachtsbaum auch nicht selber schmücken?“

„Doch“, ist meine Antwort, „das darf ich nicht nur, das muss ich sogar, denn ich habe ja niemanden, der es für mich macht.“

Da wittert er seine Chance. „Das können wir für dich machen, o.k.?“

„Wir“, damit meint mein kleiner siebenjähriger Nachbar sich selbst und seinen vierjährigen Bruder Sven. Ich überlege ... Als ich in seinem Alter war, durfte ich auch nicht helfen. Sobald der Baum geschmückt wurde, musste ich aus dem Wohnzimmer verschwinden. Wenn keiner aufpasste, blieb mir wenigstens der ebenfalls unerlaubte Blick durch das Schlüsselloch. Irgendwann sah ich aber nur schwarz. Selbst dieser kleine Schlitz war nun von innen zugeklebt.

Ich weiß also aus eigener Erfahrung, wie schmerzlich es ist, vom Schmücken ausgeschlossen zu sein - also willige ich ein. Wir verabreden uns für den 23. Dezember um 15 Uhr.

Beim Kauf des Bäumchens ist es wie jedes Jahr: Mehrere Kunden begutachten das Angebot des Tannenbaumverkäufers. Die Bäume werden angehoben, gedreht, auf dem Boden zur Seite geneigt und mit der Bemerkung „zu groß“, „zu klein“, „zu breit“, „zu schmal“, „zu schief“

wieder zurückgeworfen auf den großen Haufen. Das kann ich nicht lange aushalten und ergreife einen, der meinen Hauptanspruch, klein zu sein, erfüllt. Dass er zudem schief gewachsen ist und eine viel zu lange Spitze hat, beeinträchtigt meine Entscheidung nicht. Weihnachtsbäume werden für ungefähr zwei Wochen unsere Hausgenossen, und da haben sie doch wohl einen Anspruch auf gute Behandlung. Kleine Bäume haben zwei große Vorteile. Sie sind billiger, und was viel wichtiger ist, sie lassen sich auch von Menschen, die keine Gesellenprüfung im Tischlerhandwerk abgelegt haben, auf einen Fuß setzen. In kurzer Zeit ist er festgeschraubt und kommt erst einmal auf die Terrasse. Die Meisen sind entzückt und hinterlassen deutliche Spuren.

Am 23. Dezember hole ich ihn in das Wohnzimmer und befestige die Kerzenhalter und die roten Kerzen. Zunächst soll er auf dem Fußboden stehen bleiben, damit die beiden Kinder überall hinreichen können. Die Kisten mit dem Schmuck stehen auch bereit, als es um kurz vor drei Uhr klingelt.

Bevor Niels und Sven den Baum näher betrachten, haben sie die Weihnachtspyramide aus dem Erzgebirge entdeckt, die sich – angetrieben durch die warme Heizungsluft – auf der Fensterbank in flottem Tempo dreht. Auf der unteren Etage sieht man den Weihnachtsmann mit einem Sack voller Geschenke auf dem Rücken, dahinter zwei Kinder, die einen Schlitten ziehen. Die Jungen sind beeindruckt, Svens kleiner Kopf bewegt sich im Kreis, im Rhythmus der Pyramide. Offensichtlich hat er die Augen auf die Kinder gerichtet. Nach drei weiteren Umdrehungen klatscht er in die Hände und ruft: „Die holen ihn nie im Leben ein! Das find ich blöde."

Enttäuscht betrachtet er jetzt die feststehende Galerie der Pyramide, auf der drei Trompete blasende Engel zu sehen sind. „Warum fahren die nicht Karussell?“, möchte er wissen, und ehe ich ihm darauf eine Antwort geben kann, hat der große Bruder die plausible Erklärung parat: „Beim Karussellfahren kann man doch nicht Trompete spielen, da muss man sich doch mit beiden Händen ganz gut festhalten.“ Das wäre geklärt.

Also wenden wir uns nun dem Inhalt der Kisten zu.

Man findet hier alles, was sich in mehr als 20 Jahren an Tannenbaumschmuck angesammelt hat, denn die Schwerpunkte in Farben und Formen wechselten von Jahr zu Jahr: Strohsterne, Glasglöckchen, bunte Kugeln, Lametta in Gold und in Silber, rote Herzen aus Filz, kleine hölzerne Krippen, Engel und Äpfel, Zwerge aus Bucheckern, ungezählte Fröbelsterne und vieles mehr ... Ich kann hier nicht alles erwähnen. Schreiben Sie den Rest selbst hinzu, ich lasse Ihnen hier zwei Zeilen frei.

Das Schmücken kann beginnen. Niels hängt eine rote Kugel an einen oberen Zweig mit der Anweisung an Sven: „Mach du alles unten, du kommst hier oben sowieso nicht an." Sven setzt behutsam einen Vogel auf einen unteren Ast. Ich wollte eigentlich das Lametta übernehmen, weil man dazu Geduld und eine gewisse Fingerfertigkeit braucht, aber es zeigt sich, dass der kleine Baum nicht drei Schmücker gleichzeitig verkraften kann, also setze ich mich auf das Sofa und lese eine Geschichte vor, dann bin ich aus dem Weg.

Im Flur klingelt das Telefon, und Niels meint großherzig: „Kannst ruhig hingehen, wir schaffen das alleine."

Ich habe das Gefühl, dass die beiden viel lieber ohne meine Anwesenheit arbeiten, also lasse ich mir ein bisschen Zeit beim Telefonieren.

Als ich dann nach ungefähr acht bis zehn Minuten wieder ins Wohnzimmer komme, kann ich mich davon überzeugen, dass man in kürzester Zeit den Inhalt von zwei großen Kartons mit Weihnachtsschmuck auf einen Baum umladen kann. Habe ich nicht immer mindestens zwei Stunden zum Schmücken gebraucht? Und dann waren die Kartons höchstens zur Hälfte geleert. Jetzt liegt und hängt und klebt (mit Kaugummi) alles darauf. Dicke Lamettabüschel oben in Gold, unten in Silber, bedecken und verstecken die Tannennadeln. Maria und Joseph, die Krippe, Ochse und Esel, alle haben auf den Zweigen Platz gefunden. Zwanzig Jahre lang war ihr Platz unter dem Baum gewesen, aber sie scheinen sich dort oben genauso heimisch zu fühlen. Die Spitze ziert ein großer Nikolausstiefel aus roter Wolle. Der Anblick ist gewöhnungsbedürftig, glauben Sie mir!

„Schöööön, nicht?", stellt Sven fest, und ich stimme ihm zu. Ich zünde eine Kerze an und lese jetzt die Geschichte zu Ende. Jeder darf sich noch einen Schmuck für den eigenen Weihnachtsbaum mitnehmen, dann ziehen sie wieder ab. Vor der Tür meint Sven noch: „Heute habe ich dir aber viel geholfen. Dürfen Mama und Papa den Baum auch mal sehen?"

Zunächst muss ich mich von dem Schreck erholen. Meinen ersten Impuls, alles wieder abzunehmen, verwerfe ich bald wieder, nicht nur, weil Mama und Papa kommen werden. Nein, jedes Jahr sieht mein Baum anders aus, und dieses ist nun mal die originelle Version anno 1989.

Die beiden kommen seither jedes Jahr zum Schmücken, und bevor sie anfangen, legen wir gemeinsam fest, welche Farben und Materialien benutzt werden sollen.

Sie haben richtig gerechnet: Inzwischen sind meine Baumschmücker 19 und 22 Jahre alt, und ich glaube, es gibt keine besseren.

Der Weihnachtsgottesdienst

Eine Tradition wird ohne Einschränkungen von Generation zu Generation weitergegeben: Am Heiligabend geht die ganze Familie in die Kirche. Diese feierliche Stunde gehört zu einem gelungenen Fest, zudem verkürzt sie die Warterei auf die Bescherung. Jeder kommt mit seinen eigenen Erwartungen, manche in letzter Sekunde, weil sie die Kirche nicht finden konnten. So oft geht man schließlich nicht dorthin. Nun schimpfen sie darüber, dass es nur noch Stehplätze gibt. So bekommt die Feierlichkeit gleich zu Beginn einen ernsthaften Kratzer.

Natürlich nicht bei allen! Der pfiffige dreijährige Ingwer ist mit seinen Eltern heute zum ersten Mal hier. Sie haben einen Platz in der ersten Reihe gefunden, so dass Ingwer sich gar nicht satt sehen kann an dem riesigen Tannenbaum, der Krippe, den vielen Bildern und den verkleideten kleinen Krippenspielern, die aufgeregt ihrem ersten Auftritt entgegenfiebern. Von „Stille Nacht, Heilige Nacht" ist wenig zu spüren, dann setzt – ersehnt, aber dennoch in diesem Moment unerwartet – die Orgel ein, in strahlendem Forte und alles ist, wie es sein soll, auch wenn manch einer sich erst wieder von dem Schreck erholen muss. „O du fröhliche, o du selige gnadenbringende Weihnachtszeit" erklingt aus 500 mehr oder weniger geübten, aber doch überzeugten Kehlen. Ingwer ist überwältigt, hält sich aber sicherheitshalber die Ohren zu und schaukelt fast im Takt mit den kleinen Beinen, die noch viel zu kurz sind, um auf dem Boden Halt zu finden.

Jetzt liest der Pastor den Beginn der Weihnachtsgeschichte vor, schwere Kost für einen Dreijährigen, der gerade in diesem Moment den gekreuzigten Jesus im Altarraum entdeckt hat. Sein Fingerchen weist nach vorn und mit seiner kernigen Stimme fragt er so laut, als erwarte er von allen eine Antwort: „Wer ist das?“

Wenn ich Ihnen jetzt verrate, dass diese Geschichte in den 70er Jahren spielt, werden Sie mir glauben, dass Ingwers Mutter am liebsten heimlich verschwinden möchte. Heutige Mütter sind da viel unbefangener. Mit hochrotem Kopf beugt sich Frau S. zu ihrem Sohn hinunter und flüstert ihm wahrscheinlich die Antwort auf seine Frage und eine Ermahnung, doch bitte still zu sein, ins Ohr. Verstehen kann man es nicht, es ist aber eine etwas längere Angelegenheit. Jedenfalls ist Ingwer zunächst zufrieden und auch leise. Was will man mehr?

Der Gottesdienst geht weiter in guter Ordnung. Joseph rennt durch den Mittelgang in Richtung Krippe, Maria schleppt sich hinter ihm her, sie ist schließlich schwanger.

„Lass uns hier übernachten, ich kann nicht mehr“, können diejenigen, die direkt neben ihr sitzen, sie flüstern hören. Bis zu unserem kleinen Freund dringen Marias Worte nicht, er zeigt wieder zum Kreuz und erwartet eine Antwort auf seine nächste Frage an die versammelte Gemeinde: „Was macht der da oben?“ Ein Raunen und Kichern ist nicht zu überhören, als diesmal Vater S. sich zu seinem Sohn hinabneigt, um eine zufrieden stellende Antwort zu probieren. Noch zwei kurze Nachfragen, dann ist es wieder ganz still.

Maria und Joseph haben sich zum Stall durchgefragt, das Kind liegt endlich in der Krippe, so dass der Weihnachtspredigt nichts mehr im Weg steht. Ungefähr vier Minuten billigt man dem Pastor zu, dann sieht (oder besser hört) er sich mit der Frage konfrontiert „Ist jetzt gleich ‚Amen‘?“ Nach einem unwirschen Räuspern will er seine Predigt fortsetzen, aber jetzt kommt Ingwers großer Auftritt. „Wann kommt er da runter?“, schallt es durch die Kirche, und man sieht wieder den kleinen Zeigefinger, der auf das Kruzifix weist. Das ist nun mit einem Schmunzeln nicht mehr zu regeln, es wird verschämt und auch ganz unbekümmert gelacht. Dem Pastor entwischt ein resigniertes „Du stiehlst mir die Show“.

Dann aber kommt wirklich bald „Amen“, und es ist Zeit für das Lied „Stille Nacht“, dem Charakter entsprechend sehr zart von der Orgel begleitet. Diese zarte, einfühlsame Begleitung sorgt zugleich dafür, dass aus der ersten Reihe ganz klar und deutlich „Laterne, Laterne“ und nach der ersten Strophe, genau in der Pause vor der zweiten, „Sonne, Mond und Sterne“ zu hören ist. „Die andern Lieder kenn ich ja nicht“ ist die einleuchtende Erklärung dafür.

So geht dieser Gottesdienst zur Freude – fast – aller zu Ende, jeder hat „Laterne, Laterne“ im Ohr. Das Weihnachtsfest kann beginnen.

Weihnachtsfeier für Hasi

Unsere erste Begegnung vor ungefähr 25 Jahren war für mich ziemlich unangenehm und nicht ganz ungefährlich. Zu der Zeit war ich Organistin an der kleinen romanischen St.-Johannis-Kirche in Flensburg, nicht weit vom Stadtzentrum entfernt. Den windgeschützten Turmeingang hatte sich Hasi zu seinem Hauptwohnsitz ausgesucht, denn er war obdachlos, dazu drogensüchtig und alkoholabhängig.

Einige Male war er schon aus dem Krankenhaus geflohen, und es war ein Wunder, dass er überhaupt noch lebte. Meistens blieb er nicht allein. Er war der Boss, und seine Kumpane wussten, wo sie ihn finden konnten. Sie „besorgten" sich Rotwein im Supermarkt und versuchten, die Kälte zu vergessen.

Eines Abends – ich hatte gerade für den Gottesdienst geübt – wollte ich die Kirche verlassen. Ich schloss die Turmtür von innen auf, zog den einen Flügel mit einem kräftigen Ruck nach innen, weil die Tür klemmte, und dabei fiel die 2-Liter-Rotweinflasche, die Hasi auf dem Türdrücker deponiert hatte, zu Boden und zersplitterte. Hasi baute sich vor mir auf, eine Faust in unangenehmer Nähe meiner Nase, und vier stark alkoholisierte Männer brüllten mich an. Fliehen war nicht möglich, und ich hörte mich zurückbrüllen:

„Warum stellt ihr denn auch eure Sch... Rotweinflasche da drauf!?"

Die Wortwahl und die Lautstärke meiner Stimme überraschten nicht nur mich, sondern offensichtlich auch die Rotweinbrüder. Sie ließen mich ungehindert die Tür abschließen und meiner Wege gehen.

Wenige Tage später meinte Hasi, er kenne mich nun gut genug, um mich anzubetteln. Seine Frage „Hast mal 'ne Mark für mich?" überrumpelte mich beim ersten Mal. Sie veranlasste mich aber auch, darüber nachzudenken, wie ich in Zukunft reagieren wollte.

Ich musste nicht lange warten, bis Hasi wieder erwartungsvoll auf mich zukam. Ich sagte zu ihm: „Hasi, ich weiß, dass du Stoff brauchst, aber ich will nicht, dass du ihn dir von meinem Geld kaufst. Ich kann dir aber zum Beispiel jeden Sonntag ein kleines Frühstück mitbringen.

Du weißt ja, dass ich so gegen 9 Uhr komme."

„Geht klar", war erstaunlicherweise seine Antwort.

Am kommenden Sonntag nahm ich tatsächlich zwei belegte Brote und eine Thermoskanne Kaffee mit auf den Weg. Hasi erwartete mich.

„Du musst mir die Kanne wiedergeben", sagte ich zu ihm, „sonst kannst du am nächsten Sonntag kein Frühstück bekommen."

Mit einem verständigen „Alles klar!" setzte er sich auf die Treppe, während ich in die Kirche ging.

Nach dem Gottesdienst stand, nein prangte, meine Kanne am Ausgang auf dem Opferstock, ein Sonnenstrahl, der wie ein Spotlight durch die geöffnete Kirchentür fiel, rückte sie in den Mittelpunkt der Aufmerksamkeit und gab Anlass zu unterschiedlichsten Vermutungen, bis der Küster sie kopfschüttelnd entfernte. Nach einer Woche trafen wir uns wieder, und ich bat Hasi, die Kanne lieber etwas unauffälliger auf der Treppe zur Orgelempore abzustellen.

Ich kann nicht mehr genau sagen, wie lange er das Sonntagsfrühstück angenommen hat. Natürlich ließ er mich manchmal hängen, und als er nur noch selten kam, haben wir in gegenseitigem Einvernehmen diese Zeremonie beendet. Zu Hasis Ehre muss ich sagen, dass er mich nie mehr angebettelt hat, eine von mir akzeptierte Ausnahme war sein Geburtstag.

Wir grüßten uns immer, manchmal redeten wir ein paar Sätze. Er teilte mir zum Beispiel mit, wie viele Autos in der vergangenen Stunde vorbeigefahren seien, und auf mein erstauntes „Zählst du sie?", antwortete er: „Ich will doch nicht verkalken."

Aus genau dem Grund freut er sich auch, wenn ihm jemand Kreuzworträtsel schenkt, die er geradezu mit Hingabe löst.

Dann aber kam die Begegnung, durch die diese Geschichte zur Weihnachtsgeschichte wird.

Es war in der dunklen Jahreszeit, als Hasi mich mit der Frage „Kannst du mal für uns Orgel spielen, wir wollen Weihnachten feiern“ überraschte.

„Wie kommt ihr darauf? Ihr könnt doch am Heiligabend nachts zur Rockmesse gehen, das habt ihr doch sonst auch gemacht.“

Hasi zögerte. „Dies' Jahr geht das nicht, ich bin in Neumünster“, verriet er dann. Ich überlegte, was das zu bedeuten hatte, und zum Glück habe ich meine Frage, ob er dort Freunde besuchen wolle, gerade noch zurückgehalten. Die Stadt Neumünster ist 71 560 000 m^2 groß und mir wurde klar, dass ihm davon am Weihnachtsfest höchstens 6 bis 8 zur Verfügung stehen werden, denn er sollte dort eine Gefängnisstrafe absitzen. Die Vermutung war richtig, und deshalb hatte er beschlossen, Weihnachten vorzuverlegen. Wir einigten uns auf den kommenden Donnerstag um 18 Uhr. Am Dienstag rief er mir nach: „Bis übermorgen!“, und tatsächlich wartete er zum vereinbarten Zeitpunkt mit vier Freunden am Turmeingang. Sie waren im Besitz von zwei 2-Liter-Rotweinflaschen, „besorgt“ im Supermarkt nebenan. Normalerweise tranken sie aus der Flasche, aber heute hatten sie weiße Plastikbecher mitgebracht, wie sie es vom Abendmahl in der Rockmesse kannten. Ihre Weihnachtsfeier sollte Stil haben.

Ich nahm alle fünf mit auf die Orgelempore, öffnete den Spieltisch und setzte mich auf die Bank. Auf dem Pult lagen Noten. „Dietrich Buxtehude“ buchstabierte einer von ihnen. „Was ist das für ein Macker? Hat der was mit Orgel am Hut?"

„Ja, der hat komponiert, hört mal zu!" Mit dem Beginn der F-Dur-Toccata fühlte ich mich ein bisschen auf sicherem Boden, aber nach der ersten Seite hatten sie genug davon.

„Kannst nicht mal ‚Child in Time' von Deep Purple spielen?", fragte Hasi. Zu meinem und ihrem Bedauern konnte ich das leider nicht.

„Lasst uns doch ein Weihnachtslied singen", schlug ich ein bisschen hilflos vor. „O du fröhliche" wurde abgelehnt. „‚Ihr Kinderlein kommet' ist doch ein guter Song", meinte einer, aber dafür fand sich keine Mehrheit. Wir einigten uns auf „O Tannenbaum", aber nicht sofort.

„Hast mal 'ne Zigarette?", fragte Hasi unvermittelt.

„Du weißt doch, dass ich nicht rauche", erwiderte ich, „und außerdem wird hier nicht geraucht, das ist ja wohl klar."

Klar war das gar nicht, denn Achim fingerte in seiner Hosentasche nach einer Schachtel, hielt sie Hasi hin und behauptete: „Jesus hat auch geraucht."

Ganz sicher war er sich aber offensichtlich nicht, denn er schob ein an mich gerichtetes „Oder?" hinterher. „Das weiß ich nicht, jedenfalls nicht in der Krippe."

Dieser Feststellung hatte er nichts entgegenzusetzen, also steckte er die Schachtel mit Hasis Genehmigung wieder ein, und wir stimmten nun „O Tannenbaum" an, eine Strophe tatsächlich gemeinsam. Dann ging der Text allmählich aus. Während ich mehr oder weniger allein weiter sang, reichten sie den Wein herum, und danach beendeten wir unsere besondere Weihnachtsfeier.

Beim Abschied bat mich Hasi, ihm ein Päckchen nach Neumünster zu schicken. „Leg aber einen Umschlag mit 'ner Briefmarke rein, sonst kann ich mich nicht bedanken."

Seinen Brief habe ich lange Zeit aufgehoben.

Ungewöhnliche Bescherung

Der Kinderchor hatte noch vor einem Jahr aus mehr als 50 begeisterten Sängerinnen und Sängern bestanden. Dann aber wurde er von Probe zu Probe kleiner. Ich war nicht mehr Lehrerin und hatte also keinen Kontakt mehr zur Schule, und als sich zu den Übungsstunden nur noch vier bis sechs emsige Sänger einfanden, beschlossen wir, gemeinsam Eis essen zu gehen und den Chor vorübergehend „einzufrieren“. Nach den Sommerferien wollten wir uns wieder treffen, um ihn „aufzutauen“. In der Zwischenzeit sollte jeder versuchen, noch mindestens zwei Freunde zu mobilisieren. Wie sich herausstellte, waren unsere selbst gemalten Plakate, die in den großen Mietshäusern an das Schwarze Brett geklebt wurden, ein voller Erfolg.

Ab September trafen sich regelmäßig ungefähr 20 Kinder zu den Proben. Unser großes Ziel: Wir wollten den Heiligabend-Gottesdienst mitgestalten. Es war eine begeisterungsfähige, musikalische Gemeinschaft, die sich da traf. Lateinische Texte fanden alle besonders „geil“, sie wurden in kürzester Zeit auswendig gelernt, so dass wir bald ein stattliches Repertoire vorweisen konnten, das fast alle Weihnachtschoräle aus dem Gesangbuch, „Puer nobis nascitur“, den Quempas und etliche europäische Weihnachtslieder enthielt.

Am 23. Dezember fand natürlich eine Generalprobe statt. Es war ein wenig eng auf der Orgelempore, aber jeder fand einen Platz, auf dem er stehen, sehen und auch singen konnte. „Bei der Predigt nehmt ihr euch ein Kissen und setzt euch auf den Boden“, sagte ich ihnen, „und wenn alle ‚O du fröhliche‘ gesungen haben, also vor dem Orgelnachspiel, geht ihr bitte schon nach unten.“

Ich wollte die C-Dur-Toccata von Bach spielen, und dazu konnte ich da oben keine um mich wuselnden Kinder gebrauchen.

Der Gottesdienst verlief wie geplant. Die anfängliche Scheu verflog schnell, niemand sang „puer“ statt „princeps“ oder umgekehrt, ein bei allen Chören beliebter Schnitzer, nur Melanie blieb bei „Tröst mir mein Gemüse“, weil das Wort „Gemüthe“ in ihrem Sprachschatzstübchen kategorisch abgelehnt wurde.

Schließlich sangen alle „O du fröhliche“. Nach der dritten Strophe gab ich von der Orgelbank aus den Kindern mit der Hand ein Zeichen, nun doch bitte hinunterzugehen. Sie setzten sich nur zäh in Bewegung, und ich musste mit dem Nachspiel beginnen. Die ganze erste Notenseite ist nur für die Hände geschrieben, auf der zweiten Seite spielen nur die Füße, bevor sich beide, Hände und Füße, zum festlichen Schluss vereinigen. Ja, und endlich defilierte die kleine Schar hinter meinem Rücken vorbei. Jeder hatte ein bis zu diesem Zeitpunkt gut verstecktes Weihnachtsgeschenk für mich mitgebracht und legte es mit herzlichen Weihnachtswünschen bei mir ab. Für die ersten drei Geschenke fand sich noch ein Plätzchen auf der Orgelbank, aber da dort meine Noten lagen, war die schnell besetzt, so dass zwei Pralinenkartons und eine Kerze auf meinen Schoß gelegt wurden. Mein Protest war mit Sicherheit halbherzig, denn ich hatte genug mit den Noten zu tun, so dass weitere lieb gemeinte Päckchen folgten.

Irgendwann musste es geschehen: Ein Pralinenkarton fiel auf das Pedal, und als ich versuchte, ihn mit dem rechten Fuß wegzustoßen, geriet er zwischen zwei Tasten, genau zwischen H und c in der Mitte der Pedalklaviatur. Dort ist der Abstand etwas breiter, aber doch nicht breit genug. Der Karton hatte sich so verkantet, dass er beide Tasten runterdrückte und also beide Töne erklangen. Auf einem Klavier werden die angeschlagenen Töne allmählich leiser; nicht so auf der Orgel! Sie behalten ihre volle Lautstärke, solange sie gedrückt sind. H und c mit vollem Werk, glauben Sie mir, das ist kein Kunstgenuss, so dass ich mitten im Stück eine Kadenz spielte, die Hände von den Tasten nahm, mich zum Pedal neigte und den Karton hervorzog, bevor ich die Toccata beendete. Bach möge mir verzeihen.

Es waren übrigens meine Lieblingspralinen, aber so richtig freuen konnte ich mich zu diesem Zeitpunkt noch nicht über sie.

Weihnachtsfeier in der Dorfschule

In den sechziger Jahren gab es die sogenannten „Dörfergemeinschaftsschulen". Ungefähr in der Mitte von drei, vier oder fünf Dörfern hatte man sie errichtet, meistens phantasielose Glaspaläste, in deren Klassenräumen die Sonne im Sommer mühelos Temperaturen über 30° erreichte, und zwar erbarmungslos gleich morgens um sieben Uhr. Sie lagen oft einsam, mitten auf einem früheren Acker, denn die Schulwege sollten möglichst gerecht verteilt sein. Siegfried Lenz mag hier gewesen sein, als er schrieb: „Der Wind hat freien Zutritt."

Aber wir müssen ergänzen: Auch die Sonne, der Regen und der Schnee hatten freien Zutritt, und das nutzten sie uneingeschränkt aus. In strengen Wintern, die damals noch an der Tagesordnung waren, war es – besonders für die kleineren Schüler – kaum oder gar nicht möglich, die Schule zu erreichen. Als junge Lehrerin musste ich den Umgang mit den Wintern erst einmal lernen. Meine vertraute Zahnpasta fror in dem nicht beheizbaren Badezimmer ein. Mein Kollege – er hatte hier immerhin schon drei Winter verbracht – empfahl mir, beim Kauf auf einen gewissen Alkoholanteil zu achten. Der Milchtrecker nahm mich mit, um sie zu besorgen. Ich musste versuchen, auf dem vereisten Kotflügel Halt zu finden: Nicht ganz einfach für eine Ungeübte und außerdem erbärmlich kalt. Was half es, Zahnpasta gehört nun mal zur Grundausrüstung jedes Haushalts.

Die Schule, an die ich denke, lag in Techelwitz und hatte nur zwei Klassenräume: Einen für die Klassen 1 bis 4, einen für die Klassen 5 bis 9. In meiner Klasse saßen neununddreißig 6- bis 12-jährige Kinder, ja wirklich auch 12-jährige, denn es war nicht zumutbar, sie in die entfernte Sonderschule zu schicken. Ihre Muttersprache war Plattdeutsch, und ich habe jahrelang vergeblich versucht, sie davon zu überzeugen, dass es einen Unterschied zwischen Dativ und Akkusativ gibt. „Gib mich mal deinen Bleier, kriegst ihm gleich wieder." Für meine Ohren war und blieb das ungewohnt.

Auch mein Bemühen, ihnen beizubringen, dass die Vorsilbe „ver" mit v geschrieben wird, war zum Scheitern verurteilt, denn als ich um Beispiele dafür bat, nannten sie mir „fertig", „Ferkel", „Fernsehen". Vielleicht wird später mal eine gütige Rechtschreibreform Erleichterung bringen.

Aber zunächst musste ich wohl umlernen. Ich musste allmählich ihre Fähigkeiten herausfinden, um darauf aufzubauen. Es gab viel Hilfsbereitschaft und begeisterungsfähig waren sie auch. Möchten Sie ein Beispiel?

Eines Tages klopfte es an die Tür, und eine für unsere dörflichen Verhältnisse unglaublich aufgetakelte Dame trat ein, um uns von ihrer großen Sorge zu erzählen: „Wisst ihr, Kinder, ich bin Schauspielerin. Wir drehen hier ganz in der Nähe einen Film, und seit vorgestern vermisse ich meinen Rauhaardackel. Vielleicht hat jemand ihn gesehen?"

„Rauhaardackel, ist das so ein brauner mit Schlappohren und so (zeigt mit beiden Händen) groß?"

Die Dame ist entzückt. „Ja, richtig, mein Kleiner. Wo hast du ihn gesehen?"

„Mein Kleiner“, das hätte sie sich sparen können. Gerds Miene verfinsterte sich, dennoch war seine Antwort von entwaffnender Ehrlichkeit: „Gar nicht, ich wollte das bloß mal so wissen, dann kann ich dir besser suchen helfen, wenn ich das weiß.“

Ob sie ihn jemals wiederbekommen hat, wissen wir nicht. Der kleine Gerd hat ihn jedenfalls trotz tagelanger Suche nicht gefunden.

Ja, und dann die Begeisterungsfähigkeit: Sie kannte keine Grenzen, als ich den Vorschlag machte, für den letzten Tag vor den Weihnachtsferien eine Feier für alle Schüler und ihre Eltern vorzubereiten.

Was gehört zu einer gemütlichen Weihnachtsfeier? Kaffee, Kuchen, Lieder, Gedichte, Bastelsachen, Weihnachtsbaum, ... Die Tafel war in kurzer Zeit voll geschrieben, und je dichter der Termin rückte, umso mehr „Sonderschichten“ mussten wir einlegen, denn in meiner Unerfahrenheit hatte ich nicht vorhergesehen, dass auch die einfachsten Dinge sehr viel Zeit erforderten.

Die älteren Schüler zimmerten eine Bühne, die wir mit grünem und braunem Krepppapier beklebten, der perfekte Waldboden für unser – ebenfalls selbst gefertigtes – Theaterstück. Man hätte es „Maria und Joseph in Techelwitz“ nennen können. Es war die Weihnachtsgeschichte in einer vereinfachten Version mit nicht allzu viel Text für die einzelnen Akteure. In den Proben ließ sich der Inhalt allmählich mit etwas Phantasie erahnen, außerdem ist er nicht ganz unbekannt.

Zwischen den einzelnen Szenen sang der Chor. „Chor“, das waren alle, die keine Rolle im Theaterstück hatten. So wird es niemanden wundern, wenn die Begeisterung auch hier die Musikalität weit übertraf. An erster Stelle sind

Hansi und Gerhard zu nennen, die kräftig und gut artikuliert die bekannten Weihnachtslieder mit neuen atonalen Melodien versahen. In jeder Probe lieferten sie neue Variationen, ihr Vorrat schien unerschöpflich zu sein, und so schafften sie es, die wenigen sicheren Sänger zu übertönen oder sie aus dem Takt zu bringen. So ging das nicht, aber die beiden auszuschließen, war undenkbar.

Am Tag der Generalprobe fand ich in letzter Sekunde einen Ausweg: Aus rotem Karton hatte ich einen großen Kreis geschnitten, ihn mit weißen Punkten beklebt und einen Fliegenpilzhut hergestellt. Ich erklärte Hansi, dass wir leider etwas ganz Wichtiges vergessen hatten: In unserem Stück führt Marias und Josephs Weg durch einen Wald zur Krippe, da muss natürlich unbedingt ein Fliegenpilz wachsen, dann sieht die Bühne viel schöner aus. Wir probierten es aus, und alle stimmten zu. Hansi hockte sich hin, den Hut schräg übergestülpt und genoss seine neue stumme Hauptrolle.

Gerhard wurde Hase. Er durfte - ausgestattet mit zwei langen Ohren aus versteiftem Wollstoff - zweimal über die Bühne hoppeln. Auch er war zufrieden mit diesem Rollenwechsel.

Der große Abend kam. Die Aufregung kann ich hier nicht beschreiben, zeitweise bedauerte ich es, die Idee zu diesem Vorhaben gehabt zu haben, aber nun gab es kein Zurück.

Der Vorhang wurde aufgezogen, die heimische Waldlandschaft bot sich den Zuschauern dar, „Ah"s und „Oh"s waren zu hören. Der Fliegenpilz schwankte von rechts nach links, offensichtlich gab es einen heftigen Sturm im Wald.

Maria und Joseph erschienen, und noch bevor sie mit dem Text beginnen sollte, entdeckte Maria, dass der Reißverschluss von Josephs Hose offen stand. Da sie im wirklichen Leben für Joseph schwärmte, wollte sie ihn nicht dem Gelächter des Publikums aussetzen, und mit einem feinen Gespür für die Situation stellte sie sich vor ihn, mit dem Rücken zum Publikum, und flüsterte: „Mach deinen Hosenstall dicht!" Joseph verstand sofort und handelte.

Die Geschichte hätte beginnen können. Ich sage „hätte", denn jetzt drehte sich Maria um und wollte neben Joseph durch den Wald gehen. Das ging aber nicht, denn ihr Schleier hatte sich im Reißverschluss verfangen und saß fest. Sie zog kräftig, hatte ein Loch hineingerissen, aber weg konnte sie trotzdem nicht. Wie gut, dass wir Gerhard hatten! Unaufgefordert hoppelte er zu dem Heiligen Paar hin, zog die Schleierfetzen in aller Seelenruhe sorgsam, einen nach dem anderen, aus dem Reißverschluss, um dann gemächlich, als sei dies alles der Anfang der Weihnachtsgeschichte, an seinen Platz zurückzukehren.

Eine unvergessliche Weihnachtsfeier konnte beginnen. Von nun an hatte ich keine Angst mehr vor Pannen. Es kamen keine mehr, aber glauben Sie mir: Wir hätten sie alle gemeistert.

Gibt es den Weihnachtsmann?

Der Glaube an den Weihnachtsmann hat etwas mit den Gezeiten gemeinsam: Wie diese steigt er an oder fällt ab. Ob das – wie bei Ebbe und Flut – vom Mond abhängt, weiß man nicht. Es fällt jedenfalls auf, dass ein allgemeines großes Anwachsen in der Vorweihnachtszeit festzustellen ist. Auch 10- bis 12-Jährige werden dann wieder rückfällig, vielleicht der kleineren Geschwister wegen, vielleicht um nur ja nicht die Erfüllung der eigenen Wünsche zu gefährden.

So wurden die Zweifel der kleinen sechsjährigen Ute auch in diesem Dezember von Tag zu Tag kleiner. Der Teddy sollte einen neuen Schlafanzug bekommen und die Puppe ein Ballkleid. Der Weihnachtsmann hatte beide schon abgeholt, damit die Engel Maß nehmen konnten.

„Glaubst du noch an den Weihnachtsmann?", hatte der Herbert von gegenüber gefragt. Warum dieses „noch"? War es also wirklich eine Frage der Zeit? Wen konnte sie fragen? Die Erwachsenen waren ungeeignet, die kamen mit Antworten wie „Wer an den Weihnachtsmann glaubt, zu dem kommt er." oder „Voriges Jahr war er doch bei dir, hast du das schon vergessen?" Nein, natürlich hatte sie das nicht vergessen, aber gerade im vorigen Jahr war die Sache sehr merkwürdig gewesen: Am Heiligen Abend hatte die ganze Familie – das sind Oma, Opa, Mutter, Vater, die große Schwester und Ute – in der Küche gesessen und gewartet. Ins Wohnzimmer durfte man nicht, dort stand der Tannenbaum, und den durfte man erst zur Bescherung sehen. In der Küche also drängelten sich alle, tranken Schokolade oder Kaffee und genossen die leckeren Plätzchen und Lebkuchen. Allmählich wurde es draußen dunkel. Ute hüpfte auf Opas Schoß, vielleicht verging dort die Zeit schneller. Sie zwirbelte Korkenzieherlocken in seinen Bart und ließ ein verständnisloses „Mann, wie lange dauert das denn noch?“ vernehmen. Sogar die kunstvoll geblasenen Ringe, die der Großvater in die Luft zauberte, nachdem er genussvoll an der Pfeife gezogen hatte, konnten sie jetzt nicht mehr ablenken. „Der Weihnachtsmann kann schließlich nicht überall gleichzeitig sein“, erklärte die große Schwester.

„Weiß ich selber!“

„Vielleicht kommt er ja gar nicht. Warst du denn immer artig?“

Große Schwestern können kleine Schwestern mit solchem Gerede zur Weißglut bringen. „ ... aber du, was? Wer hat denn den Kaffeekannendeckel kaputt gemacht und den Fliederbeersaft auf den Teppich gegossen? Ist immer noch zu sehen. Mal sehen, ob der Weihnachtsmann das auch in seinem Buch stehen hat.“

Ja, der Weihnachtsmann brachte immer ein weißes und ein schwarzes Buch mit, aus dem er vorlas, und es war verblüffend, wie gut er über die Ereignisse des vergangenen Jahres Bescheid wusste.

„Wenn ihr euch zankt, dann geh ich“, teilte Opa mit, „ich wollte sowieso zu Opa Hanich zum Skatspielen.“

Opa hob Ute hoch und stellte sie auf den Boden. Die war jetzt wie elektrisiert: Opa will zum Skatspielen zu Opa Hanich, dachte sie. Irgendetwas ist da komisch. Opa Hanich lebt ganz allein. Zum Skatspielen braucht man drei

Leute, das wusste sie von den vielen Skatabenden, die hier regelmäßig stattfanden. Jetzt fiel ihr ein, dass es im vorigen Jahr dieselbe Situation gegeben hatte: Alle hatten in der Küche auf den Weihnachtsmann gewartet, dann war es Opa zu langweilig geworden, und er war angeblich zu Opa Hanich gegangen, damit der nicht so allein war, und kaum war Opa weg gewesen, schon hatte der Weihnachtsmann geklingelt, und kurz nachdem der gegangen war, war Opa zurückgekommen und hatte versichert, Opa Hanich wäre nicht zu Hause gewesen. Da muss man doch misstrauisch werden!

Sollte sich in diesem Jahr alles genauso wiederholen? Wie konnte man Gewissheit bekommen?

Ute konnte man zu recht als pfiffig bezeichnen, und diese Eigenschaft kam ihr jetzt zugute. „Opa, ich hole deine Stiefel aus dem Keller", bot sie an. Opa war verblüfft von der plötzlichen Hilfsbereitschaft seiner Enkelin und von der Geschwindigkeit, mit der sie ihr Angebot in die Tat umsetzte. Schon war sie hinter der Kellertür verschwunden. Niemand hatte bemerkt, wie sie blitzschnell ein Stück grüne Wachsmalkreide, das neben dem Terminkalender gelegen hatte, mitnahm. Sie suchte die Stiefel und malte hinten an die Ferse des linken Stiefels einen kleinen grünen Tannenbaum und ein O, ein P und ein A (untereinander) an den rechten. Mit beiden Stiefeln kam sie nach oben, machte schnell das Licht im Flur aus, damit Opa nicht zu gut sehen konnte, und half ihm beim Anziehen. Der Lichtschein, der aus der geöffneten Küchentür fiel, gab Helligkeit genug. Opa verabschiedete sich mit einem verdächtig großen Beutel unter dem Arm. „Brauchst du den zum Skatspielen?", wollte sie fragen, aber sie ließ es lieber, denn sie wollte klug sein und keinen Verdacht erwecken.

Unbekümmert sagte sie ihr langes Gedicht noch einmal auf. Ja, sie konnte es gut, auch wenn ihr die Zeile „... und wie er so strolcht durch den finstern Tann ..." sehr zu schaffen machte. „... und wie er mit Strolch (das ist der Hund von nebenan) durch die Fenstern rann ..." war die von ihr bevorzugte Version.

„Hoffentlich kommt Opa vor dem Weihnachtsmann nach Hause", meinte sie und tat gelangweilt, war aber auf die Reaktion der Erwachsenen sehr gespannt. Noch bevor jemandem etwas Passendes einfiel, klopfte es tatsächlich. Das war nicht der Opa, der klopft ja nicht, das konnte Ute gerade noch denken, dann schwand alle Überlegenheit.

Es gab einen Weihnachtsmann! Hier stand er vor ihr mit seinem roten Mantel, seinem langen weißen Bart und der roten pelzbesetzten Zipfelmütze, einen Sack, aus dem eine Rute herausschaute, auf dem Rücken. Dann die anscheinend unvermeidliche Frage: „Na, kleine Ute, bist du denn auch immer artig gewesen?" Das „Ja", von dem sie bis zu dieser Sekunde noch fest überzeugt gewesen war, wollte einfach nicht heraus, es blieb im Halse stecken, so dass sie nur ganz schüchtern nicken konnte.

„Kannst wohl gar nicht sprechen?", fragte der Weihnachtsmann. „Ich dachte, du könntest ein Gedicht aufsagen, aber das geht dann wohl nicht."

„Doch, ich kann ‚Knecht Ruprecht. Von drauß vom Walde komm ich her, ich muss euch sagen, es weihnachtet sehr ...'" Jetzt war sie im sicheren Fahrwasser, es sprudelte nur so aus ihr heraus. Der Weihnachtsmann war beeindruckt, öffnete endlich den Sack ein wenig, holte aber zunächst nur das berüchtigte Schwarze Buch hervor, in dem vermerkt war, dass Ute den Kinderwagen mit der kleinen Anke umgekippt hatte. „Stimmt das?", fragte er.

„Das war ganz anders", verteidigte sich nun Ute, „Ich wollte sie den Berg runterschieben, und da oben war Glatteis, da ist sie einfach alleine losgefahren. Ich konnte gar nicht mehr so schnell anfassen. Da war sie schon weg, und ich bin auch hingefallen."

Sie zog ihr Kleid hoch und die Strümpfe runter, um dem Weihnachtsmann die Wunde am Knie zu zeigen. „Ich hab sie ja gleich wieder eingesammelt, sie war viel besser heil geblieben als ich."

„Na, das ist also noch einmal gut gegangen, aber pass immer gut auf!", ermahnte der Weihnachtsmann und öffnete nun endlich den Sack ganz. Er beugte sich tief nach unten, um ein Paket hervorzuholen, ja und da geschah es: Sein Mantelsaum entfernte sich ein wenig von den Stiefeln und vom Boden, so dass Ute nur ganz kurz, aber doch deutlich genug das grüne Wachsmal-P und das A an dem rechten Stiefel erkennen konnte. Das O blieb versteckt, aber sie hatte Beweis genug!

Fast hätte sie aufgeschrieen, gerade konnte sie sich noch bremsen. Der Weihnachtsmann streckte ihr die Hand hin, und mit dem Hinweis, er müsse ja noch zu den anderen Kindern, verließ er das Haus. War da vielleicht am linken Stiefel ein ganz kleines Stückchen vom Tannenbaum zu sehen?

Egal! Ute wusste jetzt genug. Und was machte sie aus ihrer Erkenntnis? Als Opa einige Minuten später nach Hause kam, durch den Keller und natürlich ohne Gepäck, empfing sie ihn mit der Feststellung „Der Weihnachtsmann ist auch ein Opa, genau so wie du."

Opa tat erstaunt. „Woher weißt du das denn?"

„Das steht nämlich hinten auf seinem Stiefel."

Natürlich hätte Opa am liebsten sofort im Keller nachgeschaut, aber die Blöße gab er sich nicht.

Seine kleine Weihnachtsmann-Ich-AG gab es allerdings im Jahr darauf nicht mehr.

Versteckte Geschenke

Dorothea erinnert sich noch genau an den Tag, als sie mit ihrer Mutter in Oldenburg auf dem Bahnhof aus dem unbequemen Zug mit den harten Holzbänken kletterte. Es war der 8. Oktober 1945, ihr sechster Geburtstag.

Die Mutter schickte erwartungsvolle Blicke die Bahnhofstraße entlang, ja und dann kam der beglückte Ausruf: „Lauf, Kind, das ist Vati!" Sie wusste, dass sie ihm heute begegnen würde, und sie war sehr gespannt gewesen. Diese Spannung wich nun einer großen Enttäuschung, denn der Mann, den sie in der Ferne sehen konnte, war von oben bis unten grau, so dünn, dass eigentlich ein Hosenbein für ihn ausgereicht hätte, und wirklich nicht schön. So hatte sie sich ihren Vater nicht vorgestellt. Er hatte seine Arme ausgebreitet, aber einfach in die Arme dieses fremden Mannes laufen, nein, das konnte sie nicht. So hatten Vater und Mutter Zeit für eine innige Begrüßung nach langer ungewisser Kriegszeit.

Heute begann ihr Leben als kleine Familie. Dass dies allein schon etwas ganz Großartiges war, begriff die Kleine damals noch nicht, im Gegenteil: Zuweilen kam ihr der Gedanke, dass es nur mit der Mutti schöner gewesen war, denn jetzt musste sie sie mit dem Vater teilen. Der bemühte sich intensiv, seine Tochter für sich zu gewinnen, aber er war unerfahren im Umgang mit Kindern und deshalb leider oft sehr ungeschickt.

„Wir wohnen hier gleich hinter dem Bahndamm", sagte er und zeigte auf eine lange Baracke mit drei Eingängen, zwei an der langen Traufenseite und einer an der Giebelseite des Holzhauses. „Bruchweg 6“ stand über der ersten Tür, und nachdem Dorothea die Küche, den Miniflur und das kleine Wohn-, Ess- und Schlafzimmer, also ihr neues Zuhause, begutachtet hatte, fand sie Bruchweg sei ein passender Name.

„ ‚Bruchbude' wäre noch besser“, meinte sie mit einem schelmischen Lächeln.

„Wir werden es uns hier ganz gemütlich machen“, versicherte die Mutter, „die Hauptsache ist, dass wir zusammen sind.“

Im Wohnzimmer gab es eine Couch, einen rechteckigen alten Esstisch mit drei Stühlen und einen halbhohen dunkel gebeizten Schrank, auf dem Dorothea etwas Rundes, Rotes entdeckte und daneben einen kleinen Zwerg aus Ton, der eine lustige grüne Zipfelmütze trug. Der Vater reichte ihr die beiden Teile. „Herzlichen Glückwunsch zum Geburtstag, mein kleines Mädchen, das ist für dich.“ Erwartungsvoll blickte er sie an, sie aber drehte sich um zur Mutter, zeigte ihr die rote Kugel und fragte: „Was ist das?“

„Frag den Vati“, erwiderte sie.

Er ersparte ihr die Frage und erklärte: „Das ist eine Tomate, die kannst du essen.“ Dieses Kind, das sein bisheriges Leben im Krieg und auf der Flucht verbracht hatte, kannte keine Tomate, aber diese wunderbar aussehende Frucht erweckte in ihr die Vorstellung von etwas paradiesisch Leckerem. Freudig biss sie hinein und spie sogleich alles mit einem enttäuschten und vorwurfsvollen „Ih, eklig!“ wieder aus.

Der Vater hatte seine ersten Minuspunkte kassiert, nicht

nur wegen der Tomate, sondern hauptsächlich, weil er jetzt auch noch lachte.

„Eigentlich möchte ich den Vati lieb haben, aber er ist so gemein zu mir", beklagte sie sich bei der Mutter, die von nun an viel Vermittlerdienste zu leisten hatte und dies mit Geschick und Erfolg tat.

Vielleicht war es zunächst von Vorteil, dass der Vater tagsüber als Maurer arbeitete und oft erst spät abends nach Hause kam. Dorothea lernte nun die übrigen drei Familien, die nach der Flucht hier eine Bleibe gefunden hatten, kennen.

Sie fand hier nicht nur Freunde. Besonders der „freche Herbert", wie er allgemein genannt wurde, hatte es auf sie abgesehen. „Brillenschlange, Brillenschlange!", rief er, sobald er sie sah, und schon hatte er ihr ein Bein gestellt.

Es wohnten hier zunächst insgesamt neun Kinder, von Zeit zu Zeit, in angemessenen Abständen, kamen neue Babys hinzu. Die Wohnungen waren klein und eng, aber draußen gab es Platz genug. Man traf sich zum Hüpfer-, Murmeln- oder Völkerballspielen. Solange Herbert nicht dabei war, lief alles friedlich ab, aber sobald er kam, trieb er fast ungehindert seinen Schabernack, denn ärgerlicherweise war er der Stärkste von allen, und niemand wagte freiwillig einen Kampf gegen ihn.

Die „Zirkusvorstellungen" auf dem Grasdach des Waschhauses, direkt am Bahndamm, waren ebenfalls sehr beliebt. Dort wurden die neu erlernten Kunststücke wie Radfahren, Kopfstand oder Spagat voller Stolz vorgeführt. Nur ab und zu, wenn der Pferdewagen mit Torf aus dem Bruch kam, mussten alle an die Seite springen.

Das Waschhaus hatte etwas Geheimnisvolles: Es gab dort zwei Räume. In dem einen stand der große Waschkessel, in dem alle Familien, genau nach Plan, ihre Wäsche waschen konnten. Er erfüllte aber noch eine wunderbare andere Funktion, denn man konnte in ihm aus Zuckerrüben Sirup kochen, der stundenlang gerührt werden musste. Kurz bevor er fertig war, bildete sich am Rand eine feste Kruste, die von allen geliebten „Bonbons".

Der andere Raum war Sammelstation für alles mögliche Gerümpel. Zum Glück war er groß, denn es wurde wirklich alles gesammelt und dort aufgehoben. Die Kinder waren angewiesen, alles was interessant und irgendwie nützlich aussah, mitzubringen und vor die Tür zu legen. Das Waschhaus war nämlich immer abgeschlossen. Es gab nur zwei Schlüssel, und die wurden von den Erwachsenen in einem unbekannten Versteck aufbewahrt.

Das gab natürlich zu den unterschiedlichsten Vermutungen Anlass. Herbert meinte: „Die machen dort Schnaps." Diese Mitteilung verfehlte ihre Wirkung, besonders auf die Jüngeren, nicht.

„Guck nicht so entsetzt, Brillenschlange", fügte er triumphierend hinzu, „hab ich selber gesehen."

Heike hatte beobachtet, dass heißes Wasser von der Waschküche in die Rumpelkammer getragen wurde, und kurze Zeit später „was Rotes" aus der geschlossenen Tür nach draußen gelaufen war. „Die haben bestimmt ein Schwein geschlachtet, das hat ganz laut gequiekt", war ihre Vermutung.

„Mein Opa versteckt da sein Bier", wollte Gerd wissen, „das trinkt er immer dahinten, damit Oma nichts merkt. Aber hinterher stinkt er, und dann merkt sie es doch."

„Mein Papa baut einen Kaninchenstall für uns", wusste Manfred zu berichten.

Dorotheas Vater hatte Ende November eine Turnstange auf dem Hof errichtet, ein Weihnachtsgeschenk für alle Kinder, wie er bei der feierlichen Einweihung erklärte. „Eigentlich wollte ich sie ja erst Weihnachten aufbauen, aber es beginnt schon jetzt zu frieren, da komme ich Ende Dezember mit dem Spaten bestimmt nicht mehr in den Boden hinein."

Ja, Weihnachten nahte: Das erste Weihnachtsfest in der Baracke. Im Jahr zuvor waren Dorothea und ihre Mutter bei Fräulein Fischer einquartiert gewesen und hatten bei und mit ihr ein ziemlich klägliches Fest verbracht. Wie würde es diesmal werden? Ob die Turnstange das einzige Geschenk blieb, oder ob es noch irgendetwas Schönes nur für sie allein gab?

Erika, die Tochter von Vatis Chef, besaß eine Puppenstube mit drei Etagen. Am besten gefiel Dorothea die Küche mit dem winzig kleinen handbemalten Geschirr. Als sie bei Erika zum Geburtstag gewesen war, hatten sie damit gespielt, und am Abend hatte Dorothea ihren Eltern mit leuchtenden Augen und roten Backen die gesamte Einrichtung des Puppenhauses in allen Einzelheiten beschrieben. Außerdem besaß Erika so eine wunderbare bunte Perlenkette, das wäre auch ein schönes Geschenk oder eine warme lange Hose statt der entsetzlich piekenden Schafwollstrümpfe. Ausgesprochen wurden diese Wünsche nicht, nur abends im Bett meldeten sie sich, und manche wurden im Traum kurzfristig erfüllt. Dann war die Enttäuschung morgens groß, aber immerhin wusste sie jetzt ganz genau, wie hübsch sie mit so einer bunten Glasperlenkette aussehen würde.

Weihnachtsvorbereitungen gab es dennoch: Ein kleiner Tannenbaum wurde am 23. Dezember aus dem Wald geholt. Jetzt erkannte Dorothea, wie klug es vom Vati gewesen war, die Turnstange vor dem Frost in der Erde zu befestigen, denn das Bäumchen ließ sich nur mit Mühe ausgraben, der Boden war tief gefroren. Mutti hatte eine gute Idee: Sie hatte schon monatelang das Stanniolpapier aus den Zigarettenschachteln des Vaters aufgehoben, und den ganzen Abend verbrachten die beiden weiblichen Familienmitglieder damit, möglichst gleichmäßig schmale Streifen daraus zu schneiden, die dann als Lametta dienten, während der Vater mit großem Geschick Kerzenhalter aus Metallrohren herstellte.

Am Heiligen Abend wurden noch kleine rote Äpfel an das Bäumchen gehängt, und als die Kerzen brannten, war die kleine Dorothea so glücklich, dass sie gar nicht mehr an ihre Wünsche dachte. Der Vater erzählte die Weihnachtsgeschichte, eine Bibel gab es noch nicht wieder in dem neu zu gründenden Haushalt. Ja, die Heilige Familie war auch sehr arm gewesen und hatte dennoch ein schönes Fest gehabt.

Vor dem Essen sangen alle drei „Ihr Kinderlein, kommet", und als Dorothea sich schon an den Tisch setzen wollte, sagte der Vater: „Du kannst mir noch einen Gefallen tun: Gerds Opa hat mir erlaubt, dass ich mir zu Weihnachten aus dem Waschhaus eine Flasche Bier holen darf. Er hat sie gleich rechts neben die Tür gestellt. Könntest du sie mir holen? Hier ist der Schlüssel."

„Aber ich mag nicht über den dunklen Hof gehen", wandte Dorothea ein.

„Das habe ich mir doch gedacht", schmunzelte der Vater, zufrieden darüber, dass sein Plan so gut funktionierte, und holte ein kleines Päckchen aus seiner Hosentasche. Dorothea strahlte ihren Vater an, wickelte es aus und zog eine Dynamo-Taschenlampe hervor. Der Vater zeigte ihr, wie sie drücken musste, um Licht zu bekommen, und jetzt war sie geradezu versessen darauf, endlich nach draußen in die Dunkelheit zu dürfen.

Die Taschenlampe erhellte zuerst den Weg zum Waschhaus und dann das Schlüsselloch. Es war schwierig, gleichzeitig zu schließen und Licht zu erzeugen, aber sie schaffte es endlich, indem sie die Lampe mit der linken Hand kräftig gegen ihr Brustbein drückte und auf diese Art einen schwachen, wieder und wieder unterbrochenen Lichtstrahl erzeugte, so dass der Schlüssel endlich fest im Schlüsselloch steckte und sie ihn mit der rechten Hand herumdrehen konnte. Erwartungsvoll öffnete sie die Tür.

Gleich rechts, hatte der Vater gesagt, aber gleich rechts stand keine Flasche Bier. Jetzt hatte sie den Lichtschalter gefunden. Zum ersten Mal war sie allein hier und entdeckte als erstes einen Fahrradlenker, den sie selbst gefunden und vor Monaten vor der Tür abgelegt hatte. Aber nein, das war ja gar nicht nur der Lenker! Jetzt sah sie die beiden Räder und das ganze Gestell. Das Fahrrad stand rechts neben der Tür. Dorothea durchfuhr ein Gedanke: War das mit dem Bier nur ein Trick gewesen? Sollte das Rad etwa ihr Weihnachtsgeschenk sein? Aber ich kann doch gar nicht fahren, überlegte sie. Sie wagte es nicht zu glauben, schob aber das Rad ganz vorsichtig aus dem Raum nach draußen. Klingel, Gepäckträger ... nicht zu fassen. Wo kam das nur alles her? Der Rahmen glänzte, als der Schein der Taschenlampe darauf fiel. Sie klemmte die Lampe auf dem Gepäckträger fest und schob das Rad ganz vorsichtig über den dunklen Hof, einmal um die Wasserpumpe herum.

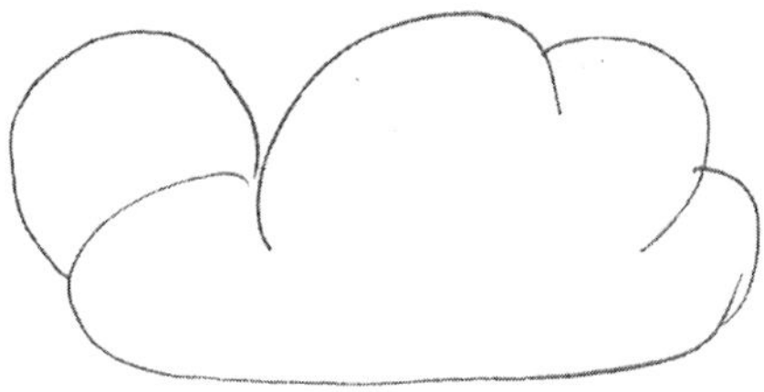

Vor der Pumpe war fast immer eine Pfütze, die aber jetzt gefroren war. Auf der spiegelglatten Fläche rutschte Dorothea aus und fiel mitsamt dem Rad zu Boden.

Eine Tür wurde aufgerissen und Onkel Helmut, Herberts Vater, kam angelaufen. Im Schein des Flurlichts erkannte er zunächst nur Dorothea, die schon wieder aufgestanden war und etwas humpelte.

„Hast du dich verletzt?“, fragte er besorgt, wartete ihre Antwort jedoch nicht ab, denn jetzt entdeckte er das Rad und aus seiner Stimme schwand alle Besorgnis: „Du darfst doch nicht einfach mit Herberts Rad fahren, ohne zu fragen, was fällt dir ein, du bist doch sonst nicht so frech!“

Onkel Helmut war wirklich wütend, das hatte Dorothea noch nicht erlebt. Sie wollte ihm etwas antworten, aber ihr Hals war wie zugeschnürt, kein Wort brachte sie heraus.

„Ich dachte, es ist vom Weihnachtsmann", flüsterte sie endlich.

„Ja, ganz recht, das ist vom Weihnachtsmann, der hat es hier nämlich versteckt", bestätigte Onkel Helmut, aber nicht für dich, sondern für Herbert, oder meinst du, der soll mit der Puppenstube spielen?"

„Puppenstube?", wiederholte Dorothea ungläubig und sah Onkel Helmut fragend an. Dem war jetzt alles klar, seine Wut war verflogen. Er nahm die Kleine an die Hand und ging mit ihr zurück zum Schuppen. Er musste gar nichts mehr erklären, sie stürzte geradezu auf die Puppenstube, die hinter dem Rad gestanden hatte, umschlang sie mit beiden Armen und trug sie überglücklich in die Wohnung.

Einen kleinen Streit gab es noch um die Taschenlampe, die bei dem Sturz erstaunlicherweise auf dem Gepäckträger geblieben war. Aber Herbert war so selig, Besitzer eines Fahrrades zu sein, dass er sie nach gutem Zureden seines Vaters und der Versicherung von Dorothea, er dürfe sie mal leihen, dem Mädchen gönnerhaft aushändigte.

Sie durfte später sogar auf seinem Rad üben, er hielt den Gepäckträger fest und lief hinterher, bis sie diese Hilfe nicht mehr benötigte.

Wer hätte das gedacht!

Die Autorin

Renate Birkholz
1940 in Pommern geboren
1945 Flucht nach Schleswig-Holstein
1960 Abitur, anschließend Lehrerstudium mit den Hauptfächern Psychologie und Musik
1962-1965 Lehrerin in Techelwitz / Ostholstein
(Siehe S. 52 und S. 64)
1965-1980 Schuldienst in Flensburg
1973-2003 Organistin an St. Johannis
1980 Begegnung mit Ortrun von Toll und erster gemeinsam verfasster Nonsens zum Thema „Chorleitung"
2001 gemeisame Veröffentlichung „Das etwas andere Orgellexikon"

Die Illustratorin

Ortrun von Toll
1938 in Frankfurt a. M. geboren
1958 Abitur, anschließend Lehrerstudium mit Schwerpunkt Kunsterziehung
Mutter einer sechsköpfigen Familie, so dass der Zeichenstift hauptsächlich dem Hausgebrauch und dem Unterricht in der Vorschule diente.
Seit 1980 Zusammenarbeit mit der Autorin

Buchtipp

Renate Birkholz / Ortrun von Toll
Das etwas andere Orgellexikon
ISBN 3-8251-7368-2
€ 8.90